ハリネズミと ちいさな おとなりさん 3

おはようの 花

仁科 幸子 さく・え

ハリネズミ

きりかぶの いえに
すんでいる。
ロマンティックで
ほんを よむのが
すき。

イガグリみたいに
まるくなる。

ちいさな おとなりさんを
あたまや かたに
のせるときには、
いたくないように
ハリを ねかせる。

とうみんするとき
しっぽを からだの まえに
まきつけて
ねむる。

ちいさな
おとなりさん

しょっちゅう
ひっこしばかりしている。
きの あなや
かれくさの なかや
たまには、つかいおわった
ハチのす・ことりのすに
すむこともある。

もくじ

おはようの 花

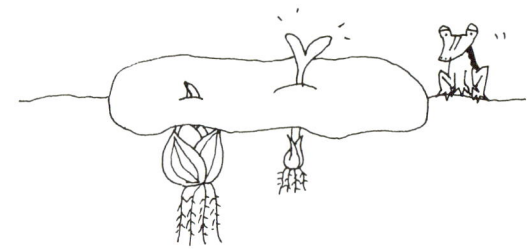

　はる　いちばんに、ハリネズミと　ヤマネが、
きまって　ふたりで　することが　ありました。
　スノードロップの　花を　さがしに
いくのです。
　スノードロップの　花は、ゆきを　おしあげて
はる　いちばんに　さきます。
「はるですよー　おきてください」と、森の
いきものに　しらせてくれるのです。森では
みんな　この　花を、「おはようの　花」と、
よんでいました。

　すみきった　かぜの　ない　あさでした。
あちらこちらに　やわらかな　からまつの
めが　ぽわぽわ　めぶいて　きています。

　ひびわれて、ちゃいろだった　じめんには
ももいろや　きみどりが　まざっています。

　ハリネズミは、はるを　むかえたばかりの
ゆきどけの　やまみちを、じゃりじゃり
ぎゅるぎゅると　おとを　たてて
あるいていきました。

　あたまには　ちいさな　おとなりさん、
ヤマネが　のっかっています。

　はやく　おはようの　花に　あいたくて、
ハリネズミは　なんども　足を　すべらせて
ころびそうに　なりました。

　そうして　ふたりは　ちいさな　たにまに
つきました。あさひが　木の　あいだに
さしこんで、ひかりが　おどっています。

5

「ほら　ほら、あった、あったよ。あそこにも
そこにも　さいてる、さいてる！」
　ハリネズミが　とびあがって　よろこびました。
　スノードロップが、ぽったり　ぽったり
とけだした　ゆきの　なかから　かおを　だして
さいて　います。
　ちいさな　おとなりさんが　いいました。
「そういえば、なんで　この　花は　おはようの
花なのに　したを　むいてるのかなあ？」
「ほんとだ！　たしかにねえ」
　ハリネズミも、くびを　かしげました。
　しばらくして、ハリネズミが　はなを
ふくらまして　さけびました。
「わかった！　この　花の　なまえを
おもいだして　ごらんよ」
「スノードロップ？」

「そう　ゆきの　しずくって　いみだろう。
ゆきが　はるの　ひざしに　とけたら
どうなる？」
「ゆきが　とけたら？　水に　なるよ」
「だろう、ぽたん　ぽたんって　とけだして
だんだん　はるに　なっていく……」
　ちいさな　おとなりさんも　うなずきました。
「この　花の　かたちを　よく　ごらんよ。
にてると　おもわないかい？　ゆきどけの
しずくに……」
「ほんとだ！　にてる、にてるよ！」
　ハリネズミも、ちいさな　おとなりさんも
花を　のぞきこんで　目を　くるくる　させました。
「この　花は　きっと、はるの　はじまりの
ゆきどけの　しずくに　なってるつもりなんだよ」
「まったく、まったくね　ハリネズミ」
　ふたりは　うなずきあいました。

「この　花を　みてると　ぼくは、きもちが

せいせいしてくる」

「まったく、まったくね、ハリネズミ。ぼくも、

おおきく　しんこきゅうした　きぶんに　なる」

「あ、そうそう、たいせつな　ことを

わすれるところだった」

　ふたりは　花に　ぺこりと　おじぎを　すると、

スノードロップの　花を　ぷるんと　ゆすって、

花びらに　やどった　あさつゆを　てのひらに

うけました。

　あさつゆは　ゆれながら　きらきら　ひかっています。

　ふたりは　あさつゆを　ぺろぺろっと

なめました。

「いま、ぼくの　からだに　おはようの　あいずが

しみとおっていったよ」

　ハリネズミが　目を　とじて　しみじみ

いいました。

「まったく　まったくだね。いま　ぼくの　むねにも
おはようの　あいずが　とどいたよ」

　ちいさな　おとなりさんも　うなずきました。

　スノードロップの　花も　くすくすっと
わらったように　みえました。

　ふたりは　ゆきどけみずが　ちょろちょろ
ながれる　やまみちを、はなうたを
うたいながら　かえっていきました。

「なんかさ、ことしは　ものすごく　いい　としに
なる　きが　するんだ。だって、いつもの
としより　ずっと、花の　かずが
たくさんだっただろう」

　ハリネズミの、ほっぺも　ももいろに
そまっています。

「まったく　まったくね、ハリネズミ。ぼくも
まったく　おんなじ　ことを　かんがえてたんだ。
ことしは　とっても　すてきな　ことが
おこりそうだね。きっと、おおきな　ドングリも
あまい　キイチゴの　みも、いっぱい　なるに
ちがいないよ」

　これで　ほんとうに　はるが　はじまるのです。
　たにまでは、いっそう　あたたかくなった
ひざしに　ゆきが　とけだしていました。

スノードロップの　まわりの　ゆきも、
ぽたん　ぽたんと　きれいな　しずくと　なって
山を　くだる　きよらかな　しみずと　あわさって、
ハリネズミたちの　すむ　いえの　ちかくまで、
ながれて　きていました。

草むしり

　　ハリネズミと　ちいさな　おとなりさんは
ふたりだけの　花ばたけを　もっていました。
　　きょねんの　あき、ふたりは　そこに、それぞれ
だいすきな　花の　たねを　まきました。
　　このごろでは、あたりの　野山の　いろも
みるまに　こくなって　いきます。
「はやいとこ　よけいな　草を　ぬかなくちゃ、
花の　たねが　めを　だす　ばしょが
なくなっちゃうぞ」

　ハリネズミは、しんぱいで　なりませんでした。

　そこで　ふたりは、草むしりに　いくことに

しました。

　すこし　ひんやりした　かぜが　ふく　あさです。

　花ばたけに　つくと、ちいさな

おとなりさんは、さっそく　草むしりを

はじめました。

「この　草は　ぬいても　いい？」

　ちいさな　おとなりさんは　ハリネズミに

ききました。

「どれどれ、ああ　ハコベは　ぬいちゃ　だめだよ。

それは　スズメが　だいすきな　草だからね」

　ハリネズミは　くびを　のばして　こたえました。

「そうか、ハコベは　スズメが　すきなんだ」

　ちいさな　おとなりさんは、ハコベを

ぬかないように　きを　つけながら、まるっこい

つぼみを　つけた　草を　ゆびさしました。

「この　草は　ぬいても　いい？」

　ハリネズミは、ちょっと　はなを　ふくふく
させると、いいました。

「どれどれ、ああ　シロツメクサは、
ウサギの　だいこうぶつだよ」

「そうか、シロツメクサは　ウサギに
とって　おかなくっちゃね」

　それで　こんどは　その　よこの　ぎざぎざの
おおきな　はっぱを　ゆびさしました。

「この　草は　ぬいても　いい？」

「どれどれ、ああ、だめだよ。だめだよ。
タンポポの　はっぱは、ぼくの　せなかに
そっくりじゃ　ないか」

　ハリネズミの　こえが　しんけんに
ひびきました。

「ほんとうだ！　ごめんよ　ハリネズミ、
タンポポは　ぬかないから」

16

ちいさな　おとなりさんは、なんだか
はずかしくなって、ハリネズミに　すまないことを
したと　おもいました。
「この　草は　ぬいても　いい？」
　　つぎに、むらさきいろの　花を　さかせている
草を　みせました。
「どれどれ、ああ、だめだよ。ハッカには
とくべつな　ちからが　あるんだ。おなかを
こわした　とき、その　草を　かじると、
なおるんだよ」
「へえー、ハリネズミは、まったく　なんでも
しってるんだね」
　　ちいさな　おとなりさんは、なんども　なんども
くびを　ふりました。
「この　草は　スズメが　すきで、これは
ウサギに　とっとくし、こっちは　きみに
にてる、これは　くすりに　なるし……」

そうして　ちいさな　おとなりさんは、
こまりきって　しまいました。
「ハリネズミ、ぼくは　どの　草を　ぬいたら
いいんだろう。きみは　いらない　草を　ぬくって
いったけど、そんなの　いっぽんも　ないよ」
　たしかに　どの　草も　どの　草も、だれかに
とって　たいせつな　ものなのです。
　ハリネズミは　しばらく　うでを　くんで
かんがえてから、
「あのさ。ここには　草むしりする　草は
いっぽんも　ないって　ことだよ」
と、はなを　プーと　ならしてみせました。
「じゃあ　ぼくが　きょねん　まいた　花の
たねが　きゅうくつで　めを　だせなかったら
どうするんだい？」

　ちいさな　おとなりさんは、あおい　ちいさな
花の　ことを　おもって　しっぽを　ぴんと
たてました。
「そりゃあ、ぼくだって　きょねん　まいた　白い
花の　たねが　しんぱいさ……。でもね　いま
ものすごく　いいことを　おもいついたんだ」
　ハリネズミは　目を　きらきら　させて
しゃがみこむと、りょうてで　ごぼごぼ　土を
ほり、あなに　はなを　つっこんで、おもいきり
さけびました。

「おーい　おーい、ぼくの　花の　たねさーん。
こんなに　草　ぼうぼう　だけど、げんきに
めを　だせよー」
　ちいさな　おとなりさんも　まねを　して、
「おーい　おーい、ぼくの　花の　たねさーん。
こんなに　草　ぼうぼう　だけど、げんきに
めを　だしてねー」
と、さけびました。
　じめんが　いっしゅん、ぷるるっと、
ゆれたようでした。

「さ、これで　だいじょうぶ！　これは　花の
たねが　ゆうきを　だして、めを　だす
おまじないなんだ。ぜったい　ひみつだよ」
　ハリネズミが　そっと　いいました。
「まったく　まったく　きみは　すごいよ！
この　おまじないは　とっても　ききそうだよ」
　ちいさな　おとなりさんが　しっぽを　ぱたぱた
させて　いいました。
「きみが　この　おまじないを　きに　いって
くれて　よかったよ」
　ハリネズミは、あたまを　ぽりぽり　かきました。
「こんなに　草　ぼうぼう　だけどー。こんなに
草　ぼうぼう　だけどー」
　ふたりは　うたを　うたいながら
スキップで　かえって　いきました。

しろざとう

「きて　ごらんよ。はやく！」
　ハリネズミが　ちいさな　おとなりさんを
せかして、まどべに　おかれた　はちうえを
ゆびさしました。
「どうしたんだい？」
　ハリネズミが　ゆびさした　ところを　みると、
花の　うえに　みどりいろに　すきとおった
おおきな　スイッチョンが、とまっていました。

「スイッチョンじゃ　ないか、しばらくぶりに
みたよ」
「ところが、ところがね」
　ハリネズミが　ちいさな　おとなりさんに
みみうちを　しました。
「この　スイッチョンは　とくべつなんだよ」
「ええ！　どういう　こと？」

「ぼくが　この　スイッチョンを　はじめて
みたのは　おとといの　ことなんだ。
みると、花びらを　バリバリ　たべてるんだよ」
「ええ！　花を　たべられても　いいのかい？」
「すこしなら　かまわないさ。かれるほど
たべちゃうわけじゃ　ないからね。それで
ぼくは、この　スイッチョンは、あまい　ものが
すきそうだから、花が　もっと
あまくなるように、しろざとうを
かけてあげたのさ」
「ええ！　さとう？」
「そうさ。スイッチョンは　むちゅうに　なって
しろざとうの　かかった　花びらを　バリバリ
やってたよ」

　ハリネズミが　しろざとうを　花に
かけながら　いいました。
「それで　つぎの　日、みてみたら、たった
ひとばんで、なんだか　ふたまわりも
おおきくなってたんだ。それで　ぼくが　また、
花に　しろざとうを　かけると、スイッチョンは
ますます　おおきくなったんだよ」

ちいさな　おとなりさんは、おおきい
スイッチョンを　ながめて　目を　まるくしました。
「でもさ、ハリネズミ。さとうなんて
たべさせて　いいのかなあ。スイッチョンは
ふだんは　花の　みつを
たべてるんだろう？」
「かまわないさ。この　スイッチョンは
あまいものが　すきなだけだよ。
ぼくみたいにさ」
　ハリネズミは、あたまの　ハリを　ひらいて、
はなを　ププーッと　ならしました。
「ただね、あんまり　はやく　おおきく
なりすぎる　きが　するんだ」
「まったく　まったくね　ハリネズミ。きみが
このまま　さとうを　あげつづけたら、
スイッチョンは、きみの　いえを
おしつぶしちゃうかも　しれないね」

ちいさな　おとなりさんが、おどかしました。

「そんなこと　あるはず　ないよ」

　ハリネズミは　わらいとばしました。

　そのばんの　ことです。

　ハリネズミが　ベッドで　うとうとしていると、

だれかが　げんかんの　ドアを　トントンと

たたきます。

　こんな　じかんに　だれだろう？　と　おもって

ドアを　あけると、そこには　なんと

ハリネズミより　おおきな

スイッチョンが　たっていました。

　ハリネズミが　スイッチョンに　おちゃを

だして、

「あまいものは　おすきですか？」

と　きくと、スイッチョンは　かおじゅう

くしゃくしゃに　して　にかっと　わらいました。

「ウップウップ　あまいものに　目が　なくて」
と、ちいさな　口を　手で　おさえると、
スイッチョンは　おちゃの　なかに　スプーンで
しろざとうを　いれはじめました。
　　1ぱい　2はい　3ばい　4はい
5はい……ハリネズミは　目を　まるくして
スプーンを　みつめていました。
　　20ぱい　30ぱい　50ぱい！
……なんと　スイッチョンは
あっというまに　なんじっぱいもの
さとうを　いれてしまいました。
　　きが　つくと　へやの　なかは　まっしろで
ハリネズミは　さとうの　やまに　うもれそうに
なってしまいました。
「だれか　たすけてよー」
　　ハリネズミは　ひっしで
さけびましたが
こえが　でません。

くるしくて　もがいていると、だれかが
げんかんから　はいってきました。
「ハリネズミ、あまい　パンケーキ　やいたよ」
　ハリネズミは　あたまの　ハリを　ぴりぴり
うごかして　ひたいの　あせを　ぬぐうと、へやの
なかを　みわたしました。
「あれ　ちいさな　おとなりさん。
スイッチョンは？　しろざとうは？」

「なんのこと　しろざとうって？」
「あれ、おかしいなぁ……。とにかく
もうしわけないけど、ぼくは　いま
あまいものは　たべる　きに　なれないよ」
「どうしたの　ハリネズミ？　なにか
あったのかい？」
「いいんだ、なんでも　ないよ」
　そう　いって　ハリネズミは、せなかを
まるめました。

「なんだか　ハリネズミ、かおいろが
まっさおだよ。まるで　オバケにでも　であった
みたいだ」

「なんでも　ないよ。あたまが　いたいだけさ。
こんりんざい　ぼくは　花に　しろざとうを
かけるのは　やめるよ」

「まったく　まったくね、ハリネズミ。花に
しろざとうを　かけるなんて　まったく
へんてこだよ。ここに　パンケーキ
おいとくから、きぶんが　なおったら
たべると　いいよ」

　そういって　ちいさな　おとなりさんは
かえって　いきました。

　スイッチョンは、それから
なんにちかして　どこかに
いって　しまいました。

きせき

　ちいさな　おとなりさんが　かぜを　ひいたので、
ハリネズミは　おみまいに　いきました。
「ぐあいは　どうだい？」
「やあ、ハリネズミ。きょうは　とっても
きぶんが　いいんだ」
「それは　よかった。かぜを　ひいたら　からだを
あたためるのが　だいじだよ」

そう　いって　ハリネズミは　あたたかい
レモネードを　さしだしました。
「ほら　ハチミツ　たっぷりだよ」
「まったく　まったく　ハリネズミ。きみは
いつも　なんて　やさしいんだろう」
　ちいさな　おとなりさんは、ほかほか　ゆげを
たてている　レモネードを、くいくい
すすりました。
「さてと、ねつは　どんなかな？」
　ハリネズミは　ちいさな　おとなりさんの
おでこに　手を　あてました。
　ハリネズミの　かおが　くしゃっと
つぶれたのを　みて、ちいさな　おとなりさんが
ききました。
「どうしたの、ハリネズミ。なんか
おかしいかい？」
「ううん、それが……」

　ハリネズミの　かおが　ますます　くしゃっと
つぶれました。
「いってくれよ。ぼくは　そんなに　ねつが
たかいの？」
　ハリネズミは　あたまの　ハリを　ぴんぴん
ゆらしました。
「それが……ぎゃくなんだよ。きみは　ねつが
ぜんぜん　ないんだ」

「ねつが　ないなら　いいじゃないか。
もう　かぜも　なおったってことだよ」
「ちがうんだ。ねつが　まったく　ないんだ。
これじゃ　しんでるのと　いっしょだよ」
「ええ！」
　ちいさな　おとなりさんは　目を　まんまるに
して　いいました。
「でも　ぼくは　さむくなると　いつも　ねつが
ひくくなるんだから　へいきだよ」
「でも、これじゃあ　ひくすぎる。本で　よんだ
おそろしい　びょうきを　おもいだしたよ」
「そんな　びょうきが　あるの？」
「うん。さいしょ　からだが　こわばってきて、
だんだん　ひふも　かたくなって、こおりみたいに
つめたくなって、さいごには　しんじゃうんだ」
「しんじゃうの？」
「うん、くすりも　きかないんだ」

「ええ！」

　ちいさな　おとなりさんは、もうふを　かぶって
ふるえだしました。

「じゃあ　ぼくは　しんじゃうの？」

　ハリネズミは　あたまの　ハリを　ぴくぴく
させて　くびを　みぎに　ひだりに　ふっています。

「ハリネズミ。ぼく、なんだか　からだが、
かちかちに　こわばってきたよ」

「ほんとうかい？」

「うん、それに　きが　ついたら　ゆびさきも
ひふも　かたくなってきた」

「まずい　まずい。どうしよう。そうだ、ちょっと
まってて。もしかして　なおす　ほうほうが
あの　本に　でてるかもしれない」

　そういって　ハリネズミは　あわてて　いえに
かえると、ぶあつい　本を　かかえて　もどって
きました。

「いまの　きぶんは　どう？」

「うん、なんだか　こおりに　なったみたいだよ」

「やっぱりか……」

　ハリネズミは　ふかいふかい　ためいきを
ふるふるうと　つきました。

「ハリネズミ　ハリネズミ、ぼくは　こおりに
なって　しんじゃうのかい？」

「きみが　ほんとに　この　びょうきなら……」

「ぼく、しんじゃうの？」

「びょうきに　なって、まるいちにちで
しんじゃうって　かいてある……」

「ああ、もう　だめだ。ますます　たいおんが
さがってきたよ。こおりに　だんだん
ちかづいてく……」

「ああ！」

　そのとき、本を　よんでいた　ハリネズミの
あたまの　ハリが、ピピ！　と　たちました。

「あったよ！　きせきを　おこす　ほうほうが！」
「ほんとに！　なに　なに？」
「ぬるまゆの　なかで　きれいに　あらって、
どろを　すっかり　おとし、おちばで　つつみ、
しんぶんしで　くるんでおくこと。
そうすれば　ふっかつする……」
「どろ？　そんなもの　ついてないけど……」
「とにかく、あらおう」
　ハリネズミは、さっそく　おゆを　わかすと、
おおきな　たらいで　ちいさな　おとなりさんの
からだを　あらって　やりました。
「どうだい？　きぶんが　よくなったかい？」
「うん、なんとなくね。だけど　まだ　さむいよ」
「そうそう、おちばで　つつむんだった」
　ハリネズミは、おちばを　かきあつめると
ちいさな　おとなりさんを　つつみ、しんぶんしで
くるんでやりました。

「どうだい、あったかいだろう。ひとばん
こうしていれば　きっと　びょうきも　なおるよ」
　ハリネズミは　あんしんして　わらっています。
「それじゃあ、ぼくは　また　あしたの　あさ
ようすを　みにくるよ。きっと　なおるよ。あの
本には、なんぜんねんの　ちえが　つまってるんだ。
きっと　きせきは　おこるよ」
「まったくね　ハリネズミ。きみの
ごせんぞさまからの　本だからね」
　ちいさな　おとなりさんも
かぼそい　こえで　いいました。
　ハリネズミが　かえって、ちいさな
おとなりさんも、おちばの　あたたかさで
すっかり　ねむりこんで　しまいました。

「どうだい。ぐあいは　どう？」

つぎの　あさ、ハリネズミが　やってきて、
ちいさな　おとなりさんは　目を　さましました。
「やあ、ハリネズミ。ぐっすり　ねむったよ」
「ほら、たちあがって　ごらんよ。かおいろが
とても　いいよ。すっかり　なおったんだ！」
「ほんとうかい！　ハリネズミ！」
　ちいさな　おとなりさんは　たちあがると
ぴょんぴょん　とびはねてみました。
「ハリネズミ。きみの　いうとおりだ！」
「うん、ほんとうに　よかった。きみは　ふっかつ
したんだ。きせきが　おきたんだよ。でも
なおったからって　すぐに　あそんじゃ　だめだよ。
きょうは　おとなしくしてること」
　ハリネズミは、イチジクの　ジャムを　いれた
あたたかな　おちゃを　ちいさな
おとなりさんに　のませると、
かえって　いきました。

みると　つくえの　うえに、ハリネズミの　本が
おかれたままです。
　ちいさな　おとなりさんは　本を　手に　とって
くびを　かしげました。
　なぜなら、本の
ひょうしには、
"しょくぶつの　びょうき"と
かかれていたからです。
「ええ！　これ、しょくぶつの　本じゃないか！」
　ハリネズミが　みていたのは、草や　花など、
　　　　　　　　　　　　しょくぶつの

　　　　　　　　　　　　びょうきの
　　　　　　　　　　　　本だったのです。

「まったく　まったく、ハリネズミは
おっちょこちょいだなあ。でも、いいや。
びょうきが　なおったんだから」
　ちいさな　おとなりさんは、クスっと
わらってしまいました。

「それにしても　ちいさな　おとなりさんが
こおりに　ならなくて　よかったなあ」
　そのころ　ハリネズミは　ほっとして、
こおりざとうを　たかく　ほおって、
口いっぱいに　ほおばっていました。

さいしょの はっぱ

「これから、はっぱが　かぜに　とばされる
ところを　みに　いくんだけど、くる？」
　ちいさな　おとなりさんを　かたに　のせると
ハリネズミは　あるきだしました。
　きょうあたり　こがらし　いちばんが
ふきそうな　あきの　おわりの　ことです。
　しばらく　あるくと、こだかい　おかの
うえに　つきました。
　ハリネズミは　いっぽんの　木の　まえに
しゃがみこむと、ぽつりと　いいました。

「なんで はっぱは おちるのかな？ なんで
いつまでも ずっと ずっと、えだに ついてちゃ
いけないんだろう」
　ハリネズミの こえに ちからが こもりました。
「こがらしに さいしょに ふかれて とびおりる
はっぱには、とびきりの ゆうきが いると
おもうんだ。だって かんがえてみてごらんよ。
はっぱは、じぶんの からだの なんばいも
たかい ところから おちてくるんだよ」
　すこし なきそうな こえで ハリネズミは
いいました。
「まったく、まったくね、ハリネズミ。ぼくなんて
かんがえただけでも 足が ふるえちゃうよ」
「そうだろう、だから ぼくは まいとし、
さいしょに おちる はっぱに ゆうきが
でるように、ここに すわって みていて
あげることに してるんだ」

ハリネズミが　いいました。

「まったく　まったくね、ハリネズミ。それは
すごく　いいことだよ。まったく　いいことだよ」

　　ちいさな　おとなりさんの　むねの
おくが　じーんと　しました。

　　それから、ふたり　そろって、しばらく
ただ　木を　みあげて　いました。

　　でも　こがらしは　ふきませんでした。

「こがらしが、もし　きたから　ふけば、あの
はっぱたちは　川に　いくんだ。でも、かぜが
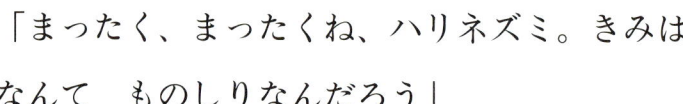
みなみから　ふいたら、あの　はっぱたちは、
しげみの　なかに　いくんだよ」

「まったく、まったくね、ハリネズミ。きみは
なんて　ものしりなんだろう」

　　そうして　ふたりは、また　だまって　ただ
木を　みあげていました。

　ずっと　そうして　すわっていましたが、
こがらしは　やっぱり　ふきませんでした。
　そして　ゆうぐれに　なりました。
「こがらしは　きっと　きょうは　はっぱを
とばさないことに　したんだよ。……かえろうか」
　ハリネズミは　ちいさな　こえで　そういうと
たちあがりました。
　そのとき、ちいさな　ちいさな　かぜが
ピュル　ピュルーと、とおりすぎて、いちまいの
はっぱを　とばしたことに、ハリネズミも
ちいさな　おとなりさんも　きがつきませんでした。
　とんだ　はっぱは、川にも　しげみにも
いかず、ハリネズミの　せなかの　ハリの
あいだに　もぐりこみました。
「きょうは　つきあってくれて　ありがとう」
　ハリネズミは　ちいさな　おとなりさんに
ぴょこんと　おじぎを　して　わかれました。

そのとき、ハリネズミの　ハリの　あいだに
いた　はっぱが　ちいさな　おとなりさんの
あたまの　うえに　ふわりと　とびうつったのに、
ハリネズミも　ちいさな　おとなりさんも
きづきませんでした。

　ちいさな　おとなりさんは　いえに　かえると
おもいました。
「まったく　まったく、ハリネズミの　いう
とおりだよ。はっぱは　すごいな。はっぱには
ものすごく　ゆうきが　あるよ。どんなだろう、
あんな　たかい　木の　うえから
とびおりるって……。きっと　いまごろは　どこか
とおくを　たびしてるに　ちがいないんだ」
　ちいさな　おとなりさんの　つぶやきを
きいて、あたまの　うえの　はっぱが、
はずかしそうに　まっかに　なりました。

ふゆごもりの やくそく

　こがらし　いちばんが　山に　ふいて、
いつもより　ずっと　はやく　森は
ひえこみはじめました。
　ハリネズミは、まどから　とおくの　山を
ながめていました。
「こんなに　きゅうに　ひえこんだら、もしかして
ちいさな　おとなりさんは、もう　きょうにも
ふゆごもりに　はいっちゃうかも　しれないなあ」
　ハリネズミは　しんぱいに　なって、ちいさな
おとなりさんの　いえに　むかいました。

ドアを　たたくと、ちいさな　おとなりさんが、
ぼうっと　した　ようすで　ドアを　あけました。
「きみが　ふゆごもりに　はいっちゃうんじゃ
ないかと　しんぱいに　なって、きたんだ」
「まったく　まったくね、ハリネズミ　ちっち。
ぼくは　ねむくて　ちっち　ねむくて　ちっち、
あくびばっかり　してるんだよ　ちっち。
だいどころに　ぶどうの　ジュースが　あるから
のんでよ。ぼくは　ねむくて　ちっち、よういする
げんきも　ないよ」
　そこで　ハリネズミは、えんりょなく　じぶんで
ジュースを　コップに　そそぐと、
ごくん　ごくんと　のみました。
「やっぱり、きみは　あしたにも
ねむっちゃうに　ちがいないよ。さみしくなるな」
　ハリネズミが、かおを　くしゃくしゃ　させて
いいました。

「きみは　いちど　ねむったら、おきないし、
ぼくより　ずっと　ながく　ねむって　いるから、
ふゆは　ぼく、ひとりぼっちに　なっちゃうんだ」
「でもね　ハリネズミ、ちっちちっち、ぼくは
きみが　ちっちち　ときどき　とっても
うらやましい　ちっちちっちち。だって　きみは、
ぼくより　さきに　おきるぶんだけ　ずっと
いろんな　ものを　ちっち　みてるんだ。
そうだろう？」

　はなしながら、ちいさな　おとなりさんは
なんども　あくびを　しています。
「それでね　ちっち、きみに　おねがいを
しようと　ちっちち、おもってたんだよ」
「おねがい？」
「そうだよ　ちっちち、ぼくが　ねむって　いる
あいだ　きみが　なにを　みたのか　ちっち
おしえて　ほしいんだ。ちっち」

「ほんとに！　おやすい　ごようさ」

　ハリネズミは　パチンと　手を　うちました。

「きみが　いない　あいだ、ほんと　いうと

いつも　たいくつで　しかたなかったんだ。

そうだ！　にっきを　かいて　おくよ。

ぼくが　いったい　なにを　みたのか」

「うんうん、そうして　くれよ。ちっち」

「よおし、えも　つけるね。ところで　どんな

ことが　しりたいんだい？」

　ちいさな　おとなりさんは、ふわふわ　しっぽを

ゆらしながら、しばらく　かんがえていました。

「そうだなあ　ちっち、どんな　花が　さいたか

しりたい　っち　なあ」

　ハリネズミは　ノートに、**"はな"** と

かきました。

「ほかには　どうだい？」

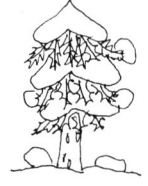

「うぅん、ことりが　どんな　うたを
うたっていたか　しりたいなあ。ちっちっち」
　ハリネズミは "とりの　うた" と　かきました。
「ほかには　どうだい？」
「うぅん、どんな　かぜが　ふいて　いたか
ちっち、しりたいなあ」
　ハリネズミは "かぜ" と　かきました。
「ほかには　どうだい？」

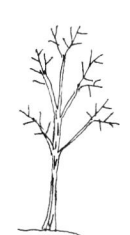

「うぅん、　木_きが　どんな　ようすだったか
ちっち、しりたいなあ」
　"き" と　ハリネズミは　かきました。
「ほかには　どうだい？」
「ううん　ちっちっちち。みちで　だれに
であったか、しりたい、ちっち」
　"だれに　であったか"
「ほかには？」

「これで　じゅうぶん　ちっち　だよ。ちっち」

　ちいさな　おとなりさんの　目は、もう

はんぶん　とじてしまっています。

　じつは　ハリネズミも、ちいさな

おとなりさんを　みていたら　まぶたが

とろーんと　してきて、じぶんまで　ねむって

しまいそうでした。

「ところで　ふゆごもりの

じゅんびは　できてるのかい？」

「うん　ちっち。それは　だいじょうぶ」

　ハリネズミは　じぶんが、ふゆごもりの

じゅんびを　すませてないことに　きが

ついて、あわてて　かえることに　しました。

「ハリネズミ　おやすみ。ちっち」

　ちいさな　おとなりさんは、ふらふらしながら

ハリネズミを　みおくってくれました。

「はるに　なったら　また　あおうね」

そとは　ますます　ひえこんで、とおくの
山が　うっすら　しろく　なっています。
「よおし！　ちいさな　おとなりさんが
ねむっている　あいだ、ぼくは　にっきに
いろんな　ことを　かきとめよう！」
　ハリネズミは　これで、ひとりでも
さみしくないと　おもいました。
　ちいさな　おとなりさんは　そのころ、
くーぴー　くーぴー、ねいきを　たてていました。
「はるに　なったら　ちっち、また　あおう
むん　ちっち」

まどに　まっしろな　しもが　かかって、
そとでは　こがらしが、ひゅるひゅる
あばれまわって　いました。

はな

ひかりが あつまった みたい

キラキラ まぶしいんだ

きもちいい かおりがした

おはようの あいさつ ぴょんぴょん

きみに はやく あいたいって

きみのしっぽに たてたよ

とりのうた

ツツピー ツツピー ツー ツツピー

ジュン ジュン

ジュリジュリ

ヒリョヒリョ

まいごに なってた ことり

あそびに きてってさ

キュル キュル 4ィー

はるのにおいが　おなか すきそうだね
まざってたよ．

かぜ

ヒュル ヒュル ヒュー ほっぺに
うめたかった

ビュインビュインビュー

→ ビュービュー ザザザー

とけだした ゆきの
かけらも ふきとばしてった

木　めがきた
でてきた

えだに ちかづくと ちいさな きのめが

さき
は、
あかく
なってた

プチプチ
わらってた

だれに
あったか

きみに
よろしくっていってた
きみに
よろしくっていってたよ

キツネ

まるいめ
がきみに
ソックリ
だった

うさぎ

のおむみ

くま

とおく
にいった

きみと
ジャンプ
したいってさ

ハリネズミ
体長14〜22cm。砂漠から森まで広い地域で暮らしている。ナメクジやミミズ、コオロギ、リンゴなどの果物が大好き。歯の力は弱く、長い舌で柔らかなものを食べる。体（針）の色が住む場所で違い、イガグリのように体を丸めて敵から身を守る。鼻をプンプン振って怒る。うしろ足の肉球がとてもたくましい。冬眠するものとしないものがいる。

ちいさなおとなりさん（ヤマネ）
体長7〜8cm。だいたい木の枝の上で暮らしている。ツツジの花の蜜やカラマツの花粉、アケビやヤマブドウの実、ズミの樹皮、小さな甲虫、トンボやガも大好物。枝に逆さにぶらさがり、スケートするように歩くのが得意。毎日休み場所を変えているが、子育ての時の巣作りはみごとなもの。コケで作ったハンモックの巣はそれは美しい。一年の半分は冬眠している。

にしな さちこ　仁科 幸子

山梨県生まれ、多摩美術大学卒。日本デザインセンターにてアートディレクターとして永井一正氏のもとで勤務後、独立。小学館童画大賞入賞、メキシコ国際ポスタービエンナーレ展、スイスグラフィスポスター展、トヤマポスタートリエンナーレ展、ADC賞他に入選。作品に『バップンピットのおはなし』(銀座松屋)『MOON森のたからもの』(ブロンズ新社)『白い月の笑う夜』(文渓堂)『ハリネズミ・トントが教えてくれたこと』(KKベストセラーズ)『クローバーのくれたなかなおり』(フレーベル館)他、壁画制作(山梨県猿橋幼稚園)などがある。

ハリネズミと ちいさなおとなりさん3　おはようの 花　　　仁科 幸子　作・絵

2005年2月　初版第1刷発行　　　　　　　　　　　発行者　北林　衞　　編集　梅田純子
発行所　株式会社フレーベル館　〒113-8611 東京都文京区本駒込6-14-9
電話　営業03-5395-6613 編集03-5395-6605　振替　00190-2-19640　印刷所　東京書籍印刷株式会社

乱丁・落丁本はおとりかえいたします。©NISHINA Sachiko 2005　Printed in Japan 66p 22×16cm NDC913 ISBN4-577-02983-9
フレーベル館ホームページ http://www.froebel-kan.co.jp